歌集

蓬莱橋

伊東一如
Ito Ichinyo

六花書林

蓬萊橋 * 目次

I

II

装画　パウル・クレー「薄明かり」
中扉写真　著者撮影
装幀　真田幸治

蓬萊橋

I

【弘前城公園】

ふるさとをはなれかれこれ半世紀「嗚呼、アヲモリ」のおもひはつよし

雪／のすたるじぁ

雪をはらみ鉛色なる空をみれば気もそぞろなり「おう」と声出づ

雪見ればせつなき思ひ湧き出でて幼き日日にわれをつれゆく

をさなき日待ち遠しきはむしろ冬　雪ちらつけば犬のごと跳ね

初雪がふうはりふうはりおちくればと仔犬のタローは裏声で吠ゆ

父のいふ「これは根雪になるだらう」われ耳ざとく聞きてよろこぶ

雪で作りし土俵にまくはザラメ雪　われ若秩父とも出羽錦

霜焼けの足を浸けよと大釜に滾《たぎ》る湯を汲みくるる母の背

五センチを大雪といふ東京のてんやわんやをわれら嗤ひき

「あゝけふもいつしやうけんめいふる雪」と擬人法もて母はなげきぬ

サルヴァトール・アダモの歌ふ「雪が降る」ラジオにあはせ母も歌ひき

音のなきことに気づきて外を見れば音をつつみて雪降りしきる

雪の夜の明くればあまねく日の差してこどもごころに神をおもへり

今でいふ「ドヤ顔」ならん父母が起きくるまへに雪搔きを終へ

指呼の間の五重塔の見えぬほど蓬萊橋にふりしきる雪

街灯をスポットライトのごとく浴びふりつもる雪　家路遠しも

雪のなか小さき家に母の灯のともるをみればわれ駈けだしぬ

ふぶく雪　冬よ来い僕に来いと光太郎詩を口ずさみつつ

地吹雪をくぐり校舎にたどりつき言葉にならぬ白き息吐く

『八甲田山死の彷徨』の姿にて昇降口に雪払ひをり

雪解けの坂道をわれ駈けのぼり「おぢちや死んだ」と姉に伝へぬ

雪切りで鶴嘴を振るふをのこらをながめをりたりをさなきわれは

道を覆ふ厚き氷の砕かれて土のぞきみゆるときのうれしさ

雪解けの水はうねりて川岸に咲くネコヤナギ揺れやまぬなり

憂鬱なる青年われは泥濘と土埃舞ふ春を忌みたり

丹沢の嶺に白雪かがやけりわが行く手には青き空みゆ

雪の日に傘をさしゆく人の群れその不思議なる群れのひとりに

還暦を過ぎしわたしに降る雪は降れどたちまち融けてしまひぬ

「後進県」

いまは無き「後進県」といふ言葉こどもごころに傷つきしこと

教科書に日本歴史を学べどもわが青森はつひに出で来ず

年収も進学率も寿命さへワースト上位につねに名のあり

地下道に箱をまとひてけふもゐる彫り深き顔　津軽の顔ぞ

大阪の人の地図には青森はなきと知りたり語らふうちに

会津藩を〝流刑〟にしたる荒蕪地にこんどは核のゴミを捨つるか

まつろはぬ人でありしをいつよりか保守の地盤となれるを憂ふ

差別され貶められし反動かニッポン1が好きな県民

弘前の桜は日本一といふ京都を知らず吉野も見ずに

友がみな「屈折してる」と言ふわれをはぐくみたるはこの地青森

郷訛り

在京の者らつどへばたちまちに郷《くに》訛りにて話す友　憂し

郷訛り聞けばエンジンブレーキが作動するごと口重となる

遠き日のままの言葉で語りくれば中途半端な訛りで応ず

横浜から嫁ぎし母の婚礼でうたはれたるは「弥三郎節」

心細き思ひで来たる花嫁を嫁いびり唄で迎ふるはなに？

〽ここの親だづあみな鬼だここさ来る嫁みなバガと、うたひたるらし

貧しさと無知の表象ともおもふ津軽訛りをわれは忌みたり

「北のまほろば」

最果てといふとき人がおもひやる竜飛岬と冬の海峡

阿倍比羅夫の蝦夷征伐のおぞましさ蹂躙されしわが祖をおもふ

高台に陸奥《むつ》の内海見下ろせる三内丸山縄文遺跡

司馬遼太郎は好きな作家にあらねども言うてくれたり「北のまほろば」

わが町のめぐりのあをき青垣を先人はいふ「青い山脈」

紙漉町《かみすきまち》鷹匠町《たかじやうまち》に紺屋《こんや》町《まち》　城をかこみて美《は》しき名の町

とりたてて誇るものなどなけれども白神の水　奥入瀬の水

こころまで水にひたして奥入瀬のはやきながれをながめてゐたり

下北をあるくは十九、『津軽』を手に冬の半島めぐるは二十歳

半世紀ちかくを異土に経りし身は死したるのちは故郷《こきやう》へと思《も》ふ

縄文展

遠き世の祖《おや》のつくりしものたちにまみえんとゆく上野の山へ

隻脚の遮光器土偶やうやうにまぢかに見たり同郷なるに

亀ヶ岡遺跡最寄りの駅舎には見あぐるほどのレプリカがあり

「昆虫の目だよあの目は」妻はいふ　人体になぜ昆虫の目ぞ

地元ではシャコちやんと呼ばれゐる土偶　重文なれど一番人気

国宝の火焔型土器意外にも小さきものぞ仔細は見えず

巨大なる甕や人形《ひとがた》つくりたる者はいかなる身分なりしや

デラシネ

ふるさとに父なくいまは母もなくこころにゐがく蒼き雪原

父母がふるさとなりき親のなき身は故郷喪失者《デラシネ》とおもひいたれり

ふるさとに在りしころより根無し草《デラシネ》はわがあくがれし境涯なれど

父母を送りしあとにふるさとをおもふよすがにうたふ「故郷《ふるさと》」

青雲の志とはいはねども逸るこころで夜汽車に乗りき

父と子

父と子といふときいまだ子としての立場でおもふ孫の生《あ》るるに

子は父に抗ふべしとわれ信じこころへだてながく忌みにき

父の声もの言ひ価値観体臭にもの食らふ所作すべて厭へり

とりあへず百二十歳を目標に結果百《ひやく》歳まで生きんと笑みき

百までを生きんと言ひてひと月も経たず逝きたり七十九にて

生きてあらば百歳となるこの春をせめてこころのなかでことほぐ

凡人としていま彼我をくらぶればわれは劣れり　自意識強し

凡庸を恥づることなく歎くなくそを楽しみて逝きし人かな

汝《なれ》は言ふ　はじめて帰郷せし夏の迎へ火を焚く舅《ちち》を忘れず

「金色の獅子」とおもひしことはなしおもはれたしともつひぞおもはず

われ父として伝ふべきこと伝へしか無言の背《せな》にも自信はなくて

捨てぬ人

「大正の和子」を誇りゐし亡母《はは》は大震災の翌年生まれ

「ものの無い時代を生きてきたからね」言ひ訳めいた母の口癖

電気釜こはれしのちも内釜は生き残りたり洗ひ桶にて

ゴミ袋を買はざる母は「捨てるものにお金を払ふなんて……」といへり

日暦《ひめくり》の紙さへすてずためおきて母はつかひぬ櫛をぬぐひぬ

捨てたはずの中学時代の地図帳が母の遺品のなかより出で来

冬の川でわが襁褓をば洗ひたる指のあかぎれ老いてなほ割る

物を捨てぬ人なれど母は大方の記憶は捨てて晴れやかに笑む

酔芙蓉

市内とはいへど来たこともなき土地でひねもすいねてまたいぬる母

くづほれし骨にわづかにししむらのはりつくだけの母となりたり

「酔芙蓉」と母に告げたり　たまきはる命のきはの花の名あはれ

母に告げし最後の花の名前ゆゑわれの記憶の園に咲きをり

母逝きて五年を経れど母恋ひの歌をなほ詠むまだあふれ出づ

長命の人のことなど聞こえくれば母の享年口惜しと思ふ

喪中ハガキの没年見ればおほかたはわが父母の享年を越ゆ

思ひ出はよきものばかりと妻はいふ嫁姑にそはありえねど

わが母にうらみつらみはなしといひけさもとなふる〽ナムアミダンブ

賢きはわが妻なるか母なるかとてもかくてもありがたきかな

「御湯《おぶ》でおのみ」と言ひし母「白湯《さゆ》をくれ」と言ひし父　ともに死者ともに死語

Ⅱ

【鎌倉・由比ヶ浜】

いふなれば隣町なりいざ鎌倉と気負ふでもなくけふも鎌倉

今泉不動

人知れず山百合咲ける寺に来て散文的な一日《ひとひ》ををへぬ

滝つ瀬の水音しるく薄闇に苔をまとひし不動明王

緑蔭にテッパウユリの白き花　灯を献ぐごと咲ける夏の日

円覚寺

円覚寺の墓所をおとなひ手をあはす開高健《たけし》五十八歳

墓前にはウヰスキーの小壜けふもあり誰が供へしか妻子も亡きに

舎利殿に読経のこゑの轟きぬ雄叫びに似る若きらのこゑ

円覚寺開山廟のまへに立つ白き火焔《ほむら》のごとき木蓮

境内に勝手に線路を敷かれても文句も言へぬ明治といふ世

浄智寺

汝《な》がめぐりＵＦＯ飛び交ふごとくにてがくあぢさゐの花咲きそろふ

しづもれる森の中より手裏剣の八方に飛び鳥となり消ゆ

夏たけて蟬しぐれ満つ浄智寺に天より降りくる蜩《かなかな》の声

澁澤龍彥《シブサハ》の命日近き夏の日は招ばるるごとくこの寺に来つ

谷戸ふかき山かげにたつ五輪塔鬼灯《ほほづき》の実の五つ六つ七

澁澤の墓に鬼灯供へられ谷戸のあちこち木槿《むくげ》咲くなり

ふつくらと実をおほひたる鬼灯のふくろの朱《あか》のたそがれの空

明月院

あぢさゐの藍の花群かきわけてパブロ・ピカソの青に染まりぬ

明月院ブルーの海にひたりをれば「生まれました」とスマホが告げぬ

建長寺

新たしき年の始めの禅寺の大屋根ぬらし降り初むる雨

歩み来る下駄の響きに振り向けば若き寺僧が会釈して過ぐ

去年《こぞ》見つる鎌倉五山第一位建長寺なる萩をまた見ん

門前に着けば香れる金木犀　街道《みち》をへだつる円応寺より

くれなゐの滝に見まがふ萩の花　紅の飛沫《しぶき》が日にきらめきぬ

海蔵寺

石仏のまなざしやさしみづからの肩にやすらふ蜥蜴見やりぬ

若草の萌ゆる大地に筍がずずいずずいと伸びる春の日

身の丈にあはぬ皮《ころも》をぬぎすてて竹がのびゆく果てのあをぞら

竹林にオホイヌノフグリ群れ咲きて地に青き星またたきてをり

夕さればオホイヌノフグリ花をとぢ地表の星は空にかへりぬ

永福寺跡

いまの世に二階堂なる地名《な》をのこす永福寺《やうふくじ》跡あらはれ出でぬ

十《と》年《とせ》前は薄しげれる野の原に伽藍の礎石きはやかに出づ

いちめんの薄が原でありしころ秋を見に来し場所にありしか

平泉に死せる人らを弔ひて建てたる威容に思ひ馳せたり

狭隘な谷戸の町にもかく広き空ひらきをり永福寺跡

鶴岡八幡宮

兇行の現場なれども人人は笑ひさざめきのぼりており来

たふれたる隠れ銀杏の切り株にヒコバエの芽のあまた吹き出づ

隠れ銀杏　たふれし幹は輪切りにされカフェのオブジェとなりてさらさる

流鏑馬

朝稽古は五時半からと知らされて心たかぶり二時に目覚めぬ

鶴岡八幡宮の馬場に着けば「超望遠」がはや陣取りぬ

駈け来たる騎馬をねらひてシャッターを切ればその音銃のごとしも

目の前を一瞬にして過ぎゆけり鎌倉武士もかく駈けにしか

的を射て駈けぬけたれど止まりきれず落馬するあり皆どよめきぬ

騎手ごとにその巧拙を人人にかたる翁ありわれも聴き入る

外つ国の射手もあつぱれもののふの衣裳をまとひ雄叫びをあぐ

まぢかにて見れば人馬の鼓動さへ聞こゆるごとき流鏑馬《やぶさめ》神事

由比ヶ浜

実朝が宋を夢みし浜にきて波とあそべる人を見てゐる

冬の海あらぶる浪のたかかれど勇みてをのこそをこえてゆく

「アガルサハ、ホロビノ姿《スガダ》」と実朝の台詞に津軽の訛りひびかす

なにもかもいにしむかしにかはりしをざんぶざんぶとくだけちるなみ

高徳院

そのめぐり善男善女群れつどひ露坐の大仏青空に映ゆ

胎内に風まねき入るる窓ふたつ背にうがたれし長谷の大仏

わが背にも風の入りくる窓もがな萎えし心にさす光あれ

雨風にさらされてなほおもやつれせぬ大仏をあふぎをろがむ

満開の花を散らすは風ならず小枝をゆらし花を食む栗鼠

腰越の海

湘南へ鎌倉山を越え行けば空ひろがりて腰越の海

都よりはるばる来ぬる人をおもふ千年前のとほき道のり

鎌倉は指呼のうちなり馬駆れば往時の道は渋滞もなく

会ふさへも兄にこばまれ腰越の海見しのみにかへる弟

腰越の海に太宰は心中をくはだて独り生き残りたり

遊行寺（清浄光寺）

みづからの影をあかるき黄に染めて銀杏の黄葉《もみぢ》さはにふりつむ

いかづちにうたれてもなほ大樹たる銀杏色づく清浄光寺

はらはらと一葉の光《かげ》舞ひおちぬ踊り念仏一遍の寺

国宝の富士は紫雲をまとひをり宝物館の一遍聖絵

捨聖・一遍の像あまたあれど清浄光寺の面立ちぞよき

拾遺

この町にはじめてつれてきてくれし友は二冊の句集遺せり

花暦みてはそろそろ咲きそむと散歩をうながすごとくに妻は

登り来し亀ヶ谷坂切通し風に吹かれて下りゆくなり

花の香のかをる坂道おりくれば卯の花ですよとつげし人はも

ちる花をみてゐしわれのかたはらで汝《な》はまひあがる花をみてゐき

（妙本寺）

歌詠みが住職といふこの寺は方代さんの歌碑もたちをり
（瑞泉寺）

夏の日の猛き光をあびてなほ木槿《むくげ》の花は涼やかに咲く
（龍宝寺）

十一の面《おもて》をもちし観音のふりあふげどもみえざる二面
（長谷寺）

はすかひに秋の陽させば萩の花しぶきのごとくきらめきにけり
（宝戒寺）

背に赤き鬼の入墨あるごとし縁切寺に棲みつきし蜘蛛

（東慶寺）

おほき木のふところふかくいだかれて甘縄神社の椨《たぶ》の木のした

渋滞の巨福呂坂《こぶくろざか》は通らずに十二所《じふにそ》を経て入る鎌倉

西へ行く稲村ヶ崎の切り通し富士が見ゆれば吉兆とせり

Ⅲ

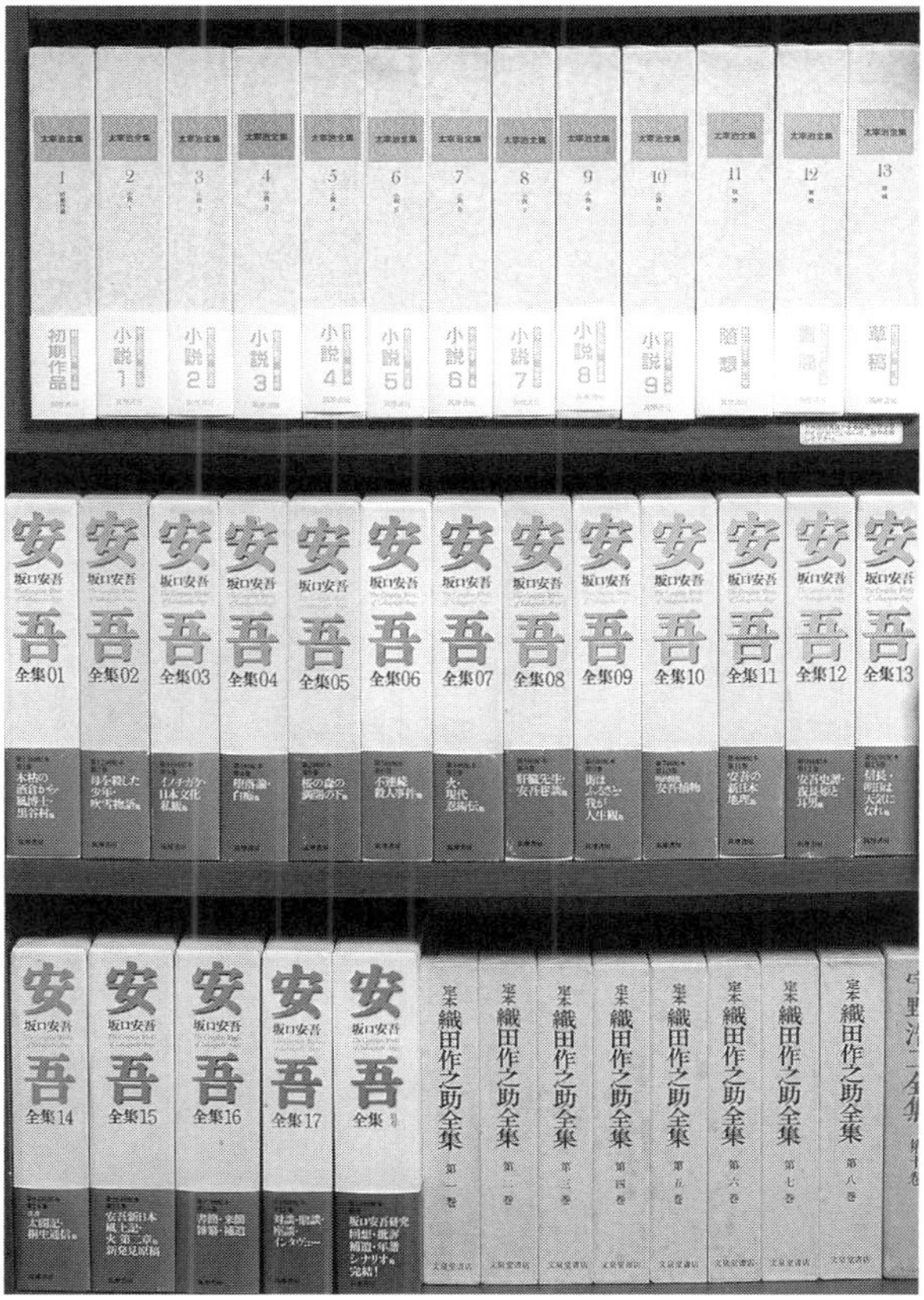
太宰治全集
初期作品
小説1
小説2
小説3
小説4
小説5
小説6
小説7
小説8
小説9
随想
書簡
草稿
安吾 坂口安吾 吾 全集01
安吾 坂口安吾 吾 全集02
安吾 坂口安吾 吾 全集03
安吾 坂口安吾 吾 全集04
安吾 坂口安吾 吾 全集05
安吾 坂口安吾 吾 全集06
安吾 坂口安吾 吾 全集07
安吾 坂口安吾 吾 全集08
安吾 坂口安吾 吾 全集09
安吾 坂口安吾 吾 全集10
安吾 坂口安吾 吾 全集11
安吾 坂口安吾 吾 全集12
安吾 坂口安吾 吾 全集13
安吾 坂口安吾 吾 全集14
安吾 坂口安吾 吾 全集15
安吾 坂口安吾 吾 全集16
安吾 坂口安吾 吾 全集17
安吾 坂口安吾 吾 全集
定本織田作之助全集 第一巻
定本織田作之助全集 第二巻
定本織田作之助全集 第三巻
定本織田作之助全集 第四巻
定本織田作之助全集 第五巻
定本織田作之助全集 第六巻
定本織田作之助全集 第七巻
定本織田作之助全集 第八巻

【無頼派三人の全集】

ささなみのしがない稼業とおもひつつよせてはかへすうたかたわれは

校閲室から

重箱の隅をつつきて一日《ひとひ》終ふ益荒男ぶりとは縁なき仕事

「蔑」の字の点は斜めか横一か校閲部会の侃侃諤諤

この記号!?《これ》は間違ひ正しくは?!《この》形ですと女史は言ひ張る

色盲を色覚異常と言ひ換へて異常も差別とさらに言ひ換ふ

漢字仮名混ぜ書きにして平気なる人いや増して重たき「憂うつ」

「見出す」は「み・いだす」なり「見い出す」と書く人多しこの「い」はなあに？

「トンボ十」活躍の場を奪はれてああけふもまた「10数人」とぞ

すくめるは肩にはあらず首なりと辞書くりたれば　ああ肩もあり

氏素姓あやしき言葉も辞書にのりみながつかへば国語となりぬ

辞書をひきまだなきことを喜びぬ「三日とあけず」は許しがたしも

このゲラの「何%」に違和感をもってくるるは何パーセント？

肩書きもなく生没の年のみを記す脚注　墓誌のごとしも

「無知ゆゑの疑問はやめて！」と言ひし人　中島梓は逝きにけるかも

調べものに席立つ者のいまは絶えキイボードの音せはしくひびく

『大漢和』『日国』『国史大辞典』まだ見た者のなきあまたのページ

「眉顰め」に「しかめ」のルビがふられをり眉をしかめて顔をひそめよ？

生贄を「生贄」とせし設問に誰も気づかず入社試験で

職人と称ばれし先輩《ひと》がよみし本にあらうことかは「天地開閉」

他人《ひと》の読みしゲラはしるしを付けしごとミスはおのづと目に入り来る

強ひられてうたたつまらぬゲラをよむ春のうららのうたたねの午後

意に染まぬ仕事に倦みてささくれし心を師走の風にさらしぬ

瑕疵

校閲を生業《なりはひ》として思ふこと「信じがたきはたれよりもわれ！」

凡ミスは末代までの瑕疵《きず》として『安吾全集』に「織田信長」

誤字誤植だらけの本を世に出せる夢に目覚めて眠られず　朝

誤字だらけの本は欠陥商品ぞ代金返せ！　のクレーム来たり

潜みゐる曲者どもはわが目をば盗み生き延び瑕疵《きず》として出づ

他社の本読み終へ俯瞰と震撼と大きな瑕疵《きず》を二箇所見出す

「らくさい」と打ち込まざれば「洛西《らくせい》」の文字の出でざる電脳哀し

「『ありえる』はありうるか」との問ひかけがきのふのランチの最初の話題

こまやかを細やかと書くひとよりも濃やかと書くひとを信じる

「莫大な遺産」と書きて「膨大」ではなぜをかしきかかんがへてゐる

「口茶する」の「口」はいかなる意味ならん考へあぐねて茶をすする夜

連れ合ひは名詞形のみ連れ添ふは動詞形のみなぜか知らねど

「ザックリと説明すると」といはれてもキャベツかなんぞをまづ思ひ出す

をちこちにブレない人のあまたゐて空みつやまとあな頼母しや

こだはりのシェフといふならそれもよし独りで勝手にこだはつてゐよ

一言のことわりもなくほほゑみて「元気をもらふ」やからふえをり

「マジかよ」とふりかへる松坂大輔《まつざか》の目に真面目に守る外野手が見ゆ

マジかよといちどは言うてみたきものを驚きしとき咄嗟には出ず

コーヒーはいらないといふわれを「大丈夫ですか」と気遣ふ少女

同い年と同級生がイコールとおもひをる記者ふえてゐるらし

みづからの妻を称してヨメといふセガレの妻がヨメにあらずや

わが無知は

わが無知は『惜身命』をまづ読みて「不惜身命」なる語を知りぬ
（『惜身命』は上田三四二の連作小説集）

わが無知はあまたの人をまへにして「色香《しきか》にまよふ」と読みてしまへり

わが無知は社会に出ても「妹」を「朱き女」と書きてをりたり

わが無知は「しのぶ《忍》じよう《城》」なるルビをみてなにおもふなく読み過ぎにけり

わが無知は「向坂《さきさか》逸郎」さへ読めず友の蔑視に面を伏せたり

わが無知は「力不足」と「役不足」取り違へゐて父に正さる

わが無知は季語「くものい」をつゆ知らず「いと」の脱字と決めつけたりき

わが無知は読み誤りて嗤はるる友を笑へず『夫婦《めおと》善哉』

わが無知は色即是空を好色の戒めと思ひながくすぎにき

活字離れ

半世紀まへのわれらも言はれたり本を読まざる若者たちと

あれもこれも読まねばならぬ本あまた時間が足りぬと焦りし頃よ

書架にならぶ背表紙みればいまのわれを作りしものらと切に思はる

一年に百五十冊を読みしころ遠距離通勤たすけとなりぬ

定年後は「晴読雨読」を夢見たり老いとはいかなることとも知らず

ありあまる時間はあれど一行も読まざる日日がけふもつづけり

読まれざるままにバッグにいつまでもあればカバーはうす汚れゆく

視力落ち持続力なく意欲なく眠気ばかりがきざしくるなり

肩の凝らぬ本しか読まぬ亡父《ちち》にしてしきりに舟を漕ぎてゐしかな

一冊の本も読まざる月があり四、五月につづき七月もまた
本を読まぬ生活なんてあり得ぬとおもひし頃が懐かしきかな

つひにわれ読まずに死ぬかプルースト『戦争と平和』鷗外史伝

賀状には年間目標三十冊と記したれどもゆめ成らざらん

Ⅳ

【那智滝】

一如さんと呼ばるるやうな歌詠まな方代さんにはおよばざれども

無頼派に寄す

ふるさとを語らぬ安吾も愛憎にゆれし太宰も異郷に死せり

友とするもつきあふこともものぞまねどいまもしあらばせつにあひたし

殴り書きの色紙の文字はあばれをり「あちらこちら命がけ」とて

前髪をかきあげかきあげ「青春の逆説」を言ふ友の横顔

「酒呷り命あふりし友」なりき太宰と檀にわれらを擬せば

無頼派にあくがれしわれさはあれど明窓浄机もわが性にして

ヴィヨンにもヴィヨンの妻にもほどとほきふたりでつつくきりたんぽ鍋

「火宅」など思ひもよらぬ暮らしなり掃除す洗濯す食器をあらふ

自己破壊衝動などとうそぶきてたかだか不用の皿を割るのみ

「堕ちよ生きよ！」と叫《おら》びし安吾の声きけば思ひのほかにやさしかりけり

月見草を謳ふ太宰に魅せられて御坂峠へ青年われは

河口湖を見おろす丘に太宰碑はいまひとつあり「惚れたが悪いか」

どこまでも堕ちてゆきたき日もありぬ『安吾全集』校閲係も

織田作も太宰も安吾もとうに亡き齢を生きん　なに頼る無く

２０１５夏、果てて

「つて言ふか」と言ひてかならずわが言をべつの言葉に言ひかへるきみ

若き日の妻の面影やどしたるをみなごあればひたみつめたり

「見るだけの妻」となりてもにのうでの白きにまどひ　つとふれてみる

（見るだけの妻となりたる五月かな　木山捷平）

一粒の真砂にすぎぬわれなれど今ならでいつ声をあぐるや

意思表示せまるこゑありわがうちに　小雨のなかを国会にゆく

言霊もやどらざるらん「積極的平和主義」とて派兵するなら

お仕着せの言葉なれども唱和する「戦争法案いますぐ廃案！」

「はいあん！」と声をかぎりに連呼する佞武多《ねぷた》囃子をおもひだしつつ

大切につかひ来たりしこの扇子　亡母《はは》が「一如」と書きてくれたる

百日紅　末枯《すが》れしを見てやうやくに炎暑の夏の過ぎしを信ず

総懺悔から七十年の夏果てて深くかうべをたるる向日葵

列島に秋は来にけり線状の降水帯がほどけしのちに

鬼怒川を襲ひし豪雨　嬰児《こ》をつれて水海道にあそびしことも

彼岸過ぎ渡月橋にてハミングで「京都の恋」を口ずさむわれ

ベンチャーズ　エレキギターで爪弾ける日本情緒に魅せられし頃

「おい、こら！」の語感で人にものを言ふ桂離宮の皇宮警察

化野の念仏寺の無縁墓地ただ一心に祈る男《ひと》あり

車折《くるまざき》神社は朱《あけ》の玉垣に芸能人の名をあふれさせ

商魂のあらはな神社でわが妻は「才色兼備」のお守りを買ふ

民草の怒りの色か曼珠沙華この秋の朱《しゅ》はことにきはだち

月みればおもふ人あり「あかあかやあかあかあかあかや」とよみしかの人

風になる日

入滅後八百二十年を経てその如月の満月の夜

草も木も生えざる山にからからと笑ふがごとく鳴るかざぐるま

逝きし友の母の電話の声やさし語尾もちあがる播磨のことば

「鹽壺忌《しほつぼき》」と名づけ偲ばん車谷長吉が逝きし五月十七日

日盛りを黒き日傘のとほりゆく喪の報せもて急げるごとく

ありし人いまはあらぬとおもひつついつもとちがふ道をかへりぬ

八月のあぢさるゐ末枯《すが》れ戦争の色に灼けをり　けふ原爆忌

「映像の世紀」見をればつくづくと人間たるが嫌になりたり

年下の死はやるせなしいつなんどきわれもとおもふ　けつきよくはわれ

死ぬことをおそるるこころつよき日は母の最期におもひをいたす

死ぬことが救ひと母はおもひしかただ呻きゐしあの頃の母

いつか母が世にあらざるをおそれたるおなじこころでいま妻をみる

風知草あるかなきかの風にゆれこころふるへる汝《なれ》とこそ知れ

正座して両手を添へて襖あけ姿消したし世を去《い》ぬる日は

水といふ猛き獣の吼えくだるながれの果ての海と思へり

どこまでもおのれをむなしうしてゆけば風になれるか雲になれるか

伊勢、熊野から吉野へ

神風《かむかぜ》の伊勢にわたると風つよき伊良湖岬に船待ちをりぬ

間なくして左舷に見ゆる島影は人家よりあふ『潮騒』の島

山路ゆけば霧のなかよりつぎつぎと立ち顕るる山桜かな

皇女《ひめみこ》が 暁《あかとき》露に立ちぬれし神苑をゆく吾《あ》も雨に濡れ

人波に身をもこころもゆだねつつふみしめあゆむ玉砂利の音

五十鈴川あさきながれのさらさらと吾《あ》によびさますしきしまのみち

老夫婦手をたづさへて石段をゆくかたはらに石楠花の咲く

はるばると来つる紀の国新宮の速玉大社の朱色まぶしも

山肌の裂けてくづれし赤土を車窓に見つつ山に分け入る

見れど飽かぬ那智の飛瀑のしたに立ちものも思はずあふぎ見てをり

巌を打ち砕ける水をながめをりわがうつしみも洗はるるごと

落つる滝「墜つれば堕ちよ」と唱へつつ坂口安吾をわれは思へり

高きより落ちくる水の変幻をしぶきにぬれてあかずながめつ

いにしへの人もかよひし石段をふみつつあゆむ背に滝の音

聞こゆるは水の落ちくる音ばかり青岸渡寺へひたのぼりゆく

あはきえにしむすびし人のすめる村・天川をとふ三十年ののち

「紀の国屋甚八」といふ宿に着き逝く春に咲く花にまみえぬ

わが子にもやさしかりけるかの人はいまは天川村会議長

大峰の女人結界門に立つニッカポッカは番卒のごと

たそがれの水分《みくまり》神社に人はなく西行像も消えて失せたり

花びらは檜皮の屋根に薄雪のごとくつもれり葉桜のした

伊東に行くなら

多芸なる作家野坂《ノサカ》昭如の逝きし冬へ伊東に行くならハトヤとゝなふ

この町に地縁血縁なけれども名にさそはれていくたびも来つ

看板にわが名あまたのこの町で名乗るは少し恥づかしさあり

『枕草子』にしげく出で来る「いとをかし」たちまちわれの渾名となりき

電柱が木でありし頃

かくれんぼ缶けり陣取りだるまさん……電信柱が木でありし頃

コールタールのかをり懐かし枕木も電信柱も黒く塗られて

桜咲けばいづこからともなくきたり濠端に佇つ傷痍軍人

義手義足軍歌かなづるアコーディオンただ怖ろしく目を伏せて過ぐ

新聞に「北爆」の語のをどるころ物乞ひの兵は見えずなりにき

夜明け前人混みをさけ花の下めぐることありなに思ひしや母

夏休み　結膜炎の眼をあらひならんでかへるあねとおとうと

父の言ふマンネンピツを笑ふ母　エンピツを言ひわれ弁護せり

「大東亜戦争」といひ「支那」といふ社会科教師の唾とびくる

友と二人はじめて飲みしコーヒーは蓬萊橋のたもとなる店

わたくしがどんな子供でありしかとかたりてくるるひとはいまなく

願成就院

イチゴ狩りに出かけし伊豆の韮山で遇ひも遇ひたり運慶仏に

たまたまに訪ひし願成就院なる寺におはせし国宝五体

阿弥陀仏　説法印の指は欠け痛痛しくもたふとかりけり

光背も蓮座もなくて螺髪さへ削がれし仏の来歴を思《も》ふ

近づきてまぢかにあふぐ阿弥陀仏われをみたまふその目やさしも

なにもののみちびきならんけふのひにまみゆることのわがかなひしは

富士を見にゆく

富士を見て育ちし妻はこの山が見えれば「けふはしあはせ」といふ

かしこみて三国峠で正対す火を噴き上げし山と思《も》ひつつ

風になびく富士のけぶりを見し人は徒歩《かち》で行きたりみちのくまでも

いつの日に高嶺に降りし雪ならん薄衣を織る白糸の滝

巨大なる円錐形の濾過器にて濾されし水の湧く柿田川

見えざれば見えずともよし雲のなかに弥陀のごとくにおはす不二の峰

本栖湖で見そこなひたる逆さ富士　千円札をとりだして見つ

山麓に花鳥園なるフクロフの見世物ありてわれは二度見き

三日間富士山麓を経巡れどその山巓につひにまみえず

あとがき

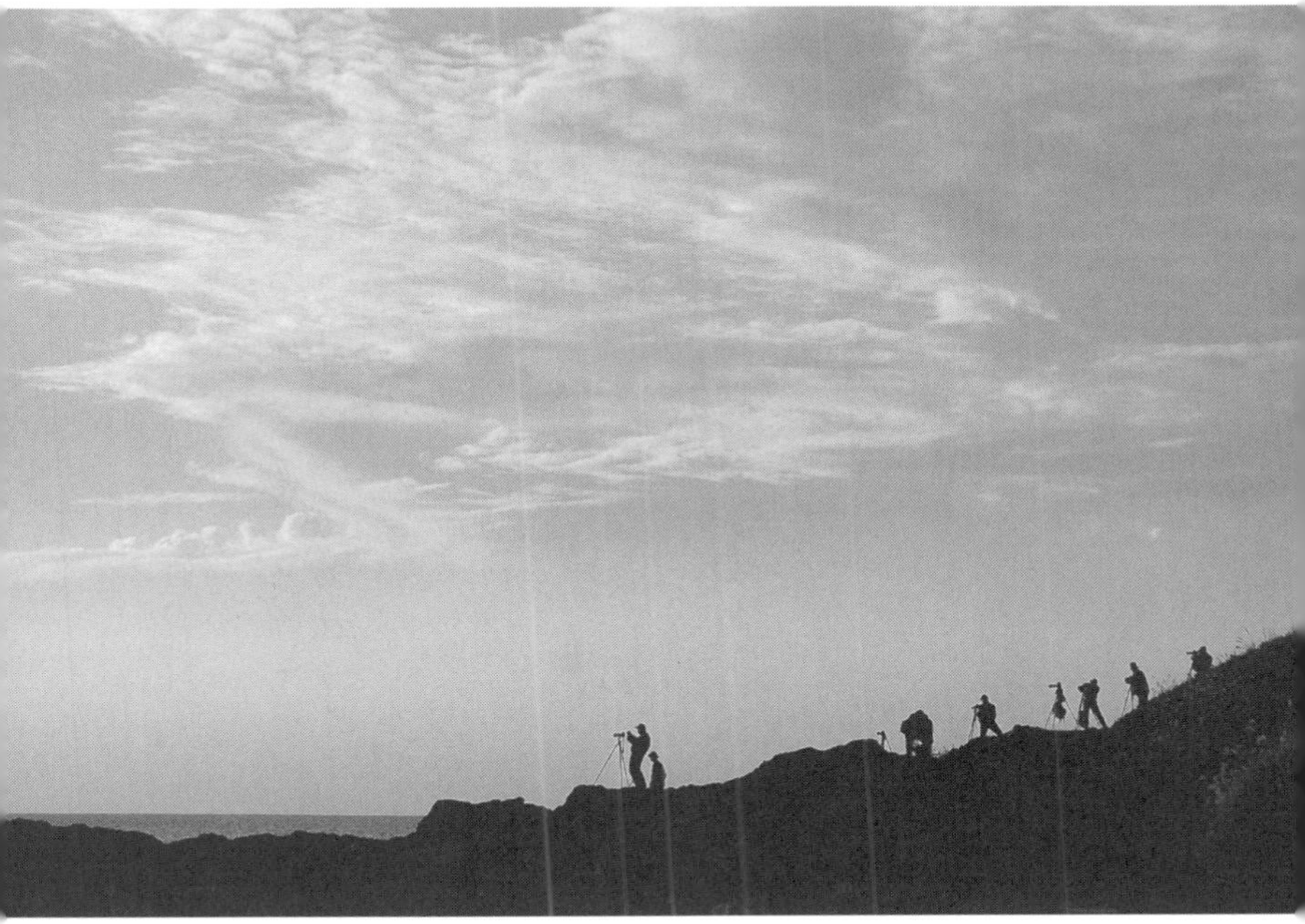

【三浦半島・荒崎】

短歌結社・短歌人会に入会したのは二〇〇九年十二月のことだから早いもので十年が過ぎた。この間に詠んできた歌のおよそ四分の一に相当する三百四十一首を選んで一冊とした。

帯には「第一歌集」とか「第二歌集」とか記すのが一般だが、今回は「初の本格的な歌集」とした。実は本歌集に先立って「歌集のやうなもの」をすでに編んでいるからだ。本書を「第一」とすると先の「やうなもの」があまりにも不愍だし、かといって「第二」とすれば「やうなもの」が「第一」になってしまう。残念ながら「やうなもの」にそれほどの自負はない。

短歌人会に入会する四か月前に上梓した歌集『小徑』（北溟社刊）は同年五月二十一日に亡くなった母への挽歌を中心にまとめたもので、百箇日法要の引出物のつもりで作った。文字通りの「突貫工事」だったからとても満足のいくものにはならなかった。歌集をまとめたのを機に「歌のわかれ」をしようとの思いもなくはなかったのだが、逆に「これでは終われない」という気持ちが強くなった。短歌人会の門を敲いたのはそうした経緯からである。

最初の六年半は故大森益雄さんに、その後の三年半は紺野裕子さんに選歌していただいた。短歌人会に先生はいないというのが大原則ではあるのだが、自分のなかでは小学校の担任は大森先生、中学校は紺野先生だと思っている。一浪でようやく高校に上がって今は今年から「短歌人」誌の編集人になった宇田川寛之さんのクラスに身をおいている。宇田川さんはこの歌集の版元である六花書林の代表でもあり、歌集作りに際しては私の疑問に懇切丁寧に答えて下さり、かつスピーディーに作業を進めて下さった。

全体を四部構成とし、作歌年次にこだわらずテーマ別に再編成した。キイワードはⅠがアヲモリ、Ⅱが鎌倉、Ⅲが校閲仕事、Ⅳがわれ——といったところだろうか。当初は二〇一五年以降の五年間の歌を中心に編むつもりだったが、二〇一四年までの前半五年分からもかなりの数を入集した。作歌当時の思いを捨てがたい歌が相当数あった。

歌集のタイトルは、

指呼の間の五重塔の見えぬほど蓬萊橋にふりしきる雪

友と二人はじめて飲みしコーヒーは蓬萊橋のたもとなる店

から採った。

土淵川という街川に架かる小さな橋だが、故郷・弘前の目抜き通り・土手町にあり、街に出るということはこの橋を渡ることを意味した。土手町がかつての賑わいを失った今でも故郷に帰りこの橋のたもとに立てば、弘前城や岩木山に劣らぬノスタルジアにひたることができる。

結社制度に懐疑的な考えを持ち続けてきたが、この歌集を上梓できたのはまさに短歌人会という結社のおかげである。編集委員の方々はもとより、横浜歌会とその後身の青の会歌会、そして最近仲間に加えていただいた埼玉歌会のみなさんに心より感謝したい。
会社を退いてのち、平日開催の埼玉歌会に参加するようになったのはひとえに小池光さんの謦咳に接したいがためだったが、その小池さんに帯文を書いていただき五首選をしていただけたのは望外の喜びである。また素敵な造本に仕上げてくださった真田幸治さんにもこの場を借りてお礼を申し上げたい。

二〇二〇年三月九日、旧暦如月の望月の夜に

伊東一如

【著者略歴】

伊東一如（いとう・いちにょ）

一九五三年七月、青森県弘前市生まれ。

二〇〇九年十二月、短歌人会入会。

二〇一五年七月、〈映画「田園に死す」を〝読み解く〟――寺山修司の「別れ歌」〉で短歌人会第四十一回評論・エッセイ賞受賞。

現在「同人2」欄所属。

現住所は（〒247-0014）横浜市栄区公田町四六七―五　レックス本郷台一一〇。

蓬 莱 橋

2020年５月21日 初版発行

著　者――伊東一如

発行者――宇田川寛之

発行所――六花書林
〒170-0005
東京都豊島区南大塚３－24－10－１Ａ
電 話 03-5949-6307
FAX 03-6912-7595

発売――開発社
〒103-0023
東京都中央区日本橋本町１－４－９　ミヤギ日本橋ビル８階
電 話 03-5205-0211
FAX 03-5205-2516

印刷――相良整版印刷

製本――武蔵製本

定価はカバーに表示してあります
ISBN978-4-910181-04-2 C0092